La Princesse Dézécolle

Marie-Parlotte

Pef

Les aventures de la famille Motordu

GALLIMARD JEUNESSE

Mise en couleurs
par Alexis Ferrier

Maquette : David Alazraki

ISBN : 978-2-07-066132-9
N° d'édition : 267409
Loi n° 49-956 du 16 juillet 1949 sur les publications
destinées à la jeunesse
Dépôt légal : août 2014
Imprimé en France par Pollina - L69024

Sommaire

Motordu sur
la Botte d'Azur, *5*

Motordu et le fantôme
du chapeau, *33*

Motordu a pâle au ventre, *61*

Motordu au pas,
au trot, au gras dos, *89*

Motordu et
son père hoquet, *117*

Motordu sur la Botte d'Azur

Les mots tortues
En notre bouche
Ont la couleur
Du rouge à lièvre

signé Jean de La Fontaine

enfin, je crois…

Les colles étant terminées, au début du mois de jouer, les enfants du Prince de Motordu et de la Princesse Dézécolle se sentirent libres.

Les grandes balances étaient enfin arrivées :
– Ce n'est pas trop d'eau, rugit le petit Nid-de-Koala en souriant au beau soleil d'été !

– Tu as mille fois saison, confirma sa grande sœur, Marie-Parlotte, en contemplant les papillons volets contre le mur.

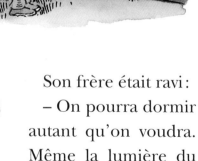

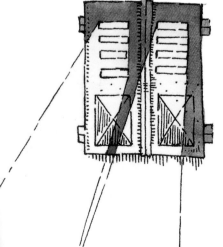

Son frère était ravi :
– On pourra dormir autant qu'on voudra. Même la lumière du sommeil à travers les violets ne pourra nous réveiller !

8

– Tu parles, répliqua Marie-Parlotte, en osant les épaules, les grandes balances, c'est tout à fait autre pause. Ah, partir, découvrir… !

– Non, dormir, c'est si couette, protesta Nid-de-Koala !

– Il suffit ! s'écria le Prince de Motordu, vous m'empêchez de retrouver mes tartes routières. Où les ai-je mangées ?

– N'en faites pas tout un plat, protesta la Princesse, je les ai aperçues quand j'étais sous la bouche, se souvint-elle. À côté des serviettes de pain. Ce n'est vraiment pas leur place !

Motordu soupira. Avait-il sa place dans ce monde où il faut manger ses affaires au moins trois fois par jour ?

– Je suis désordre, admit-il, mais plein de bonne volonté.

C'est pourquoi il remercia sa mie, et pria chacun de ne pas s'énerver :

– Passons affable, j'ai faim !

Aussitôt après avoir loupé (le poulet avait

un poil trop crié!) toute la famille se concerta pour savoir où elle irait passer ses balances:

– Chez la grande mer! cria, enthousiaste, le petit Nid-de-Koala. Comme chaque année elle me fera des bonnes tartines de bain et de peur avec des petits morceaux de chaud coca-cola dessus! Elle ne me dispute jamais, même si, à cause de mes bêtises, elle m'appelle

11

son petit-vice. Il est vrai qu'avoir des vis dans la peau, ça rend infernal.

Chacun sait que toi, Marie-Parlotte, tu es une petite bille modèle et que, pour toi, tout tourne rond.

– Ouais, mais moi, je déteste la montagne et ses poissons, protesta Marie-Parlotte.

– Des poissons à la montagne ? s'étonna sa maman tout de même institutrice.

   – Ben, maman, tu n'as jamais entendu parler du Thon blanc et du massif des Piranhas avec toutes leurs arêtes pointues ?

   – Tu veux plutôt évoquer les Pyrénées ! rectifia la Princesse Dézécolle.

   Toujours est-il que la famille ne parvenait pas à se mettre d'accord. Alors le Prince prit la parole :

   – Puisqu'il en est ainsi, nous partirons à la devanture !

— À la devanture, ouais, acquiesça Nid-de-Koala. Moi j'aime les devantures de Robin des Mois, et aussi quand le gros pinson crut Zoë ! Ça, c'est de la devanture !

— Vous voulez dire que nous partirions à l'aventure, tenta de corriger encore la Princesse.

— Pas du fou, répliqua le Prince de Motordu, le paysage de nos balances, nous le verrons défiler derrière les vitres de notre voiture,

14

comme s'il s'agissait d'un immense magasin à l'infinie vitrine. C'est cela, aller à la devanture !

Assez lourdement chargée, la toiture de nos héros circulait depuis les premières heures de la patinée. (Il y avait un peu de boue sur l'autocroûte…)

Le trafic était dense mais futile, la plupart des conducteurs essayant de se doubler et de se redoubler sans être avancés pour autant.

Les quatre peintures de sécurité, bien accrochées, étaient
très décoratives mais la Princesse s'agitait sur son siège.
En effet, la lumière du soleil la
gênait considérablement.

– À qui faites-vous de l'œil,
douce amie ? s'enquit le Prince.

– Euh, je cligne au temps
superbe qui s'annonce, répondit-elle.

Marie-Parlotte et le petit Nid-de-Koala, de
plus en plus rassis à l'arrière, mâchaient leur
tasse-route au jambon et au bornage, ce qui
valait mieux que d'avaler des kilomètres !

Le Prince relaya son épouse en profitant
d'un arrêt à une station-service pour faire le
bain d'essence.

Il chercha alors à se reconnaître dans le paysage.

– Mais où sommes-nous? s'enquit-il sans lâcher son collant, sinon pour actionner le levier de l'ivresse situé saoul le volant.

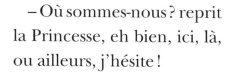

– Où sommes-nous? reprit la Princesse, eh bien, ici, là, ou ailleurs, j'hésite!

– Alors quittons ces doutes encombrés, décida le Prince embêtant son clignotant.

Heureusement on était à la faim de l'autoroute :

– Petit appétit, on en a fait, du chemin! mastiqua Nid-de-Koala.

Pendant tout le trajet, Marie-Parlotte avait chanté pour lasser le temps.

Un peu agacés, les autres passagers refusèrent d'écouter pour la millième fois l'histoire du bon roi Dagobert qui avait pris l'autoroute en marche arrière.

– Je connais aussi celle-là, annonça Marie-Parlotte : « Plus de bon tabac, me dit l'infirmière. Plus de bon tabac, tu n'en auras pas… »

Le soleil écrasait le pays sage qui, tout entier, semblait faire la sieste dans les près ou les bottes de loin.

Le Prince rangea la toiture sur le côté.

Le silence était merveilleux ! Seul à régner : le chant des mygales dans les pins et les platanes.

Marie-Parlotte et le petit Nid-de-Koala, tout
excités, tournaient autour de la voiture :
– Ne touchez pas au bouton du réservoir !
avertit la Princesse. Attention, Nid-de-Koala,
tu vas te brûler si tu touches au pot des jap-
pements ! Viens plutôt manger le délicieux
royal sandwich au fort mage que je t'ai pro-
mis tout à l'heure.

— Mes enfants, mes enfants, j'aperçois au coin la Botte d'Azur ! s'écria le Prince en se haussant sur la pointe des biais.

La Princesse Dézécolle était aussi enthousiaste que raisonnable :

— La fameuse Botte d'Azur, Sire ? Ah, je mets vite ma crème polaire pour éviter les fous de soleil !

Le voyage se poursuivit.

— Le premier de nous deux qui boit la mer a le droit de rincer le bras de l'autre, déclara Marie-Parlotte.

Les Motordu trouvèrent une petite passion de famille à deux lents francs la nuit, le petit des genêts compris.

Les enfants n'étaient pas difficiles à nourrir. Ils se contentaient, la plupart du temps, d'assiettes pleines de bouilles et de cornets de tripes !

Quant à leurs parents ils firent, au bord de la mer, une cure de boissons.

Les premiers jours passèrent très vite mais Marie-Parlotte et son frère eurent bientôt envie de quitter le nord de la mer pour gagner le large.

Le Prince fit alors plaisir à sa famille en louant un petit gâteau à toile.

La Princesse Dézécolle, experte en nautisme, gréa l'esquif de toiles filantes pour en améliorer la vitesse.

Naturellement, le Prince y adjoignit deux boulets de sauvetage pour la sécurité de Marie-Parlotte et de son frère.

Motordu sur la Botte d'Azur

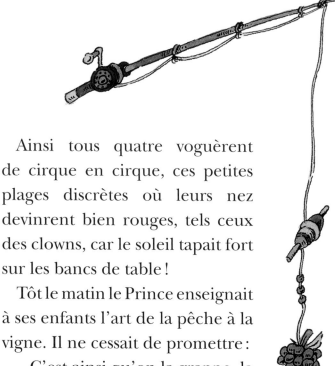

Ainsi tous quatre voguèrent de cirque en cirque, ces petites plages discrètes où leurs nez devinrent bien rouges, tels ceux des clowns, car le soleil tapait fort sur les bancs de table !

Tôt le matin le Prince enseignait à ses enfants l'art de la pêche à la vigne. Il ne cessait de promettre :

– C'est ainsi qu'on la grappe, la friture !

Et la pêche à la vigne finit par ramener à bord bois-sons rouges et autres blancs de boissons.

– Notre père est deux vins, s'extasièrent les apprentis pêcheurs !

Hélas, un soir, le Prince fronça les soucis. Il venait de recevoir un télédrame :

– Mon troupeau de boutons s'est encore écharpé ! Sale cou ! Il faut qu'on file !

– Alors, finis les beaux fours ? reniflèrent son fils et sa fille, très cuits et bien bronzés.

La Princesse Dézécolle, quant à elle, reconnut qu'en balances l'inactivité finissait par lui peser, mais qu'elle n'en faisait pas un gramme :

— J'en ai assez de me battre avec les grilles d'animaux croisés, soupira-t-elle. Les enfants, dites au revoir à vos petits colins et à vos petites collines de vacances. Prenez la graisse de chacun et promettez d'aigrir dès votre retour !

Comme la toiture filait vers d'autres cieux pluvieux, le Prince brancha l'essuie-place et déclara :

— Puisque le travail va reprendre, laissons les sous venir !

— Et moi je me fais une joie de retrouver mon école, ajouta la Princesse, en réglant l'appuie-fête.

Le Prince éclata de rire :

— Traîtresse des écoles, le retour !

À l'arrière Marie-Parlotte et le petit Nid-de-Koala ronronnaient comme des petits tas, serrant contre eux leur zoo et leur petite pelle !

Peut-être rêvaient-ils du bruit des bagues qui avaient bercé leur merveilleux doigt doux !

Motordu et le fantôme du chapeau

Dame des cieux, recevez vos élus
Ayant parlé droit dans la vie
Recevez-les en paradis
Pour bavarder en mots tordus.

signé François Villon

enfin, je crois…

Cette nuit-là, la Princesse Dézécolle se
réveilla en sursaut. Elle repoussa la chouette
sous laquelle elle dormait et tendit l'oreille
en secouant son mari, le Prince de Motordu.

– Que se passe-t-il, ma
chère épouse? Il est bien
trop trop pour nous lever.
Le réveil assommé?

– Chut, souffla la Princesse. N'entendez-vous pas ? On dirait que quelqu'un donne des poux dans le mur !

– Oh, ma princesse, bâilla le Prince, notre chapeau est bien vieux, il craque d'un bord à l'autre.

Motordu se leva tout de blême et enfila sa rose de chambre.

– Armez-vous d'un chaton, conseilla son épouse, nous sommes peut-être victimes d'un grand bris de voleur !

Et le Prince s'en fut par les couloirs et les grandes dalles du chapeau :

– Ma femme n'est point molle, admit-il, ces poux dans les murs durent ! Il me semble que cela provient du grenier.

Il en grimpa l'escalier, guidé par l'étoile d'araignée et frissonna :

– C'est l'effroi, se rassura-t-il, surtout ne pas avoir beurre. Sinon je vais glisser et me glacer la figure car cette pièce n'est pas chauffée.

Et soudain, il LE vit: c'était un banc fantôme qui se cognait au toit, aux murs et au plancher du grenier, tout en râlant.

– Haut les pieds! banc fantôme, ordonna le Prince. Et cessez de vous grogner partout, je vais vous éclairer!

– N'en faites rien! supplia le fantôme. Ne touchez pas au mouton d'éclair d'orage. Pas de bile électrique! Pas de rougie ni de lampe à pet drôle!

Et il ajouta:

– À bonne nuit, bon nid! Si non nuit, je ne sais plus qui je fuis!

Motordu et le fantôme du chapeau

— Et qui êtes-vous donc, alors ? questionna Motordu.

— Le fantôme du chevalier de la Motte-Ordure, mort peu après un tournoi, au chapeau de Lance-Hêtre !

— Et comment êtes-vous arrivé ici ? demanda encore le Prince.

— Poussé par le temps qui soufflait un peu trop fort, répondit le fantôme.

Le Prince de Motordu redescendit gratte-à-gratte l'escalier.

Ça le démangeait de consulter l'arbre généalogique de sa famille.

Son précieux parchemin à la main, il s'adressa à la Princesse Dézécolle :

— Rassurez-vous, les poux dans le mur, ce sont ceux du fantôme de Motte-Ordure !

Son épouse fit un pont dans le lit :
– Quelle horreur !
– Quel honneur, voulez-vous dire, il faut l'accueillir avec tous les honneurs dus à son blanc ! Regardez plutôt mon arbre génialogique : il s'agit de l'arrière, arrière-petit-poussin germain de la reine Marie-En-Toilette dont les deux fiers jumeaux furent l'un, oie de France et l'autre, oie d'Angleterre !

Convaincue, la Princesse se leva à son tour et troqua sa chemise de fruit pour une robe à fleurs.

Puis elle alla réveiller ses deux enfants, Marie-Parlotte et son frère, le petit Nid-de-Koala.

Elle estimait qu'un ancêtre, surgi de l'ancien vent, réussirait à faire passer sur eux le souffle de l'Histoire, même sous la forme d'un fantôme !

C'est pourquoi avant de les réveiller, elle leur fit une bise puis :

– Mes enfants, levez-vous, nous avons la visite d'un fantôme !

Mais, lorsqu'il apparut devant eux, Marie-Parlotte et Nid-de-Koala estimèrent qu'il devait s'agir d'une visite médicale tant le fantôme était pâle !

– Si on allumait la lumière? proposa Nid-de-Koala.

– Surtout pas! conseilla le Prince, les fantômes se déplacent toujours dans l'obscurité. La moindre lueur les empêche de bougie.

– Je vous rassure, fit Motte-Ordure en s'adressant aux enfants, plus je suis banc, moins je me sens mal à chaise !

Le Prince, son épouse, leurs deux enfants et le fantôme quittèrent l'obscur grenier et gagnèrent des salles plus accueillantes.

– Mais enfin, hasarda la Princesse Dézécolle, pourquoi tout ce bruit, tout à l'heure ?

Le fantôme leva les draps au ciel. La question n'avait pas l'air de le froisser. C'est pourquoi il y répondit franchement :

– J'avais faim, avoua le banc fantôme, regardez, on peut me compter les côtés ! Mais surtout, quand je suis affamé, je perds mon blanc !

– Le pauvre ! s'écria Marie-Parlotte.

Elle s'enfuit vers la cuisine et en ramena une montagne de victuailles : du jambon banc, du banc de poulet, du banc d'œuf, du fromage banc, le tout arrosé d'un grand verre de vin banc.

– Quelle famille de bons vivants ! se réjouit le fantôme.

– Eh bien, avec tout ceci, vous serez vite remis sur pieds, cher fantôme tout banc, le rassura Motordu. Mais expliquez-nous : tous nos chers disparus ne deviennent pas des fantômes. Serait-ce une punition, dans votre cas ?

– À la faute ! s'écria le fantôme en levant son verre.

Marie-Parlotte et son frère ne perdaient pas une miette de la discussion, bien accrochés

qu'ils étaient à l'hameçon d'Histoire.

– Il y a bien longtemps, racontat-il alors, j'ai participé à un tournoi entre chevaliers. Le vainqueur devait, en récompense, épousseter une princesse car le tournoi soulevait des nuages de poussière. Cette princesse était si pelle que je me suis alors creusé la tête. Il faut vous dire qu'à l'époque, les lances étaient en bois de hêtre. Si le coup porté était trop fort la lance se brisait. Alors moi, j'ai triché !

J'ai fait mordre la poussière à tous
mes adversaires à coups de lance-
pierres. Ceci pour être sûr d'épousseter la princesse. Ce que je fis.

La fête, magnifique, se déroula au balai.
Mais, au repas, un rival me tendit une coupe.

– Ne buvez pas, lança mon page, cette
coupe est pleine de poisson !

Je ne l'égouttai point et je mourus empois-
sonné !

Depuis, j'erre dans l'ombre, tel un blanc
de poison, condamné pour avoir triché.

– Pauvre fantôme, renifla Marie-Parlotte,
vous avez goûté un repas bien mérité.

– Si vous voulez, on peut vous installer la télévision, là-haut, proposa le petit Nid-de-Koala.

– D'accord, acquiesça le fantôme, mais je ne regarderai que les films noirs ou les reportages sur l'Afrique noire car je dois rester dans l'obscure cité de votre grenier.

Et le fantôme leva les yeux vers l'horloge de la salle à danger qui coupait la nuit en deux à coups d'aiguilles.

– En tout cas, je suis sûre que vous êtes bien de la famille, déclara finement Marie-Parlotte. Vous tordez très bien les mots !

– Mais enfin, demanda sa maman, cette princesse, de son côté, n'a-t-elle point commis de faute, n'est-elle pas devenue à son tour un fantôme après sa mort? Vous pourriez peut-être la retrouver!

– Les fantômes n'ont pas de domicile fixe, pas de téléphone, fit l'invité de la famille.

Dans ce tas d'embêtements je ne retrouverai jamais la pelle que j'aimais !

– Il existe bien des fanthommes, pourquoi pas des fanfemmes ? hasarda Nid-de-Koala.

Tout le monde rit de bon cœur, même le fantôme qui n'en avait plus !

Soudain, au loin, un coq chanta :

– Gros coquelicots ! Gros coquelicots… !

— Le jour se lève, trembla le fantôme, je dois aller me boucher !

— Boucher quoi ? demanda le fils Motordu.

— Toutes les fentes dans le toit, à cause de la lumière du jour !

Le fantôme promit à la Princesse Dézé-colle de ne plus démanger son sommeil en donnant des poux dans les murs.

Puis on entendit le bruit de ses pas dans l'escalier, d'abord très fort, puis plus bas, puis demi-bas.

– Pauvre Motte-Ordure, le plaignit Marie-Parlotte, il n'a même pas de chaussettes !

Le Prince de Motordu fit la morale à ses enfants :

– Chers petits, ne trichez jamais dans la vie ! Vous avez vu ce qui peut advenir de mou : un fantôme flageolant et tout banc !

Le Prince fronça les sourcils tout en souriant.

Il ne se faisait aucune illusion : Marie-Parlotte et Nid-de-Koala aimaient trop les bancs fantômes pour ne pas s'asseoir sur le conseil de leur cher papa !

Motordu
a pâle
au ventre

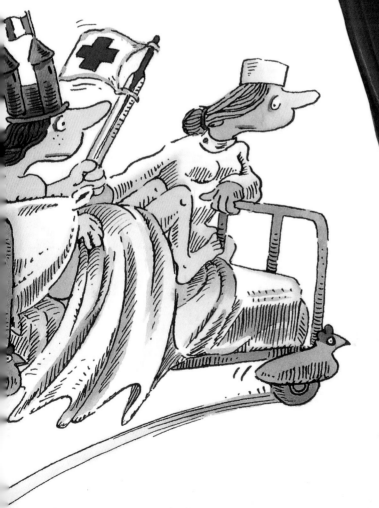

Genoux blêmes ?
Ai-je bien entendu ?
Madame, mon oreille,
Qu'est-elle devenue ?
Ce n'est rien beau Corneille,
Je vous aime, ai-je dit,
Et non pas : genoux blêmes.
Ce haut mal, ce problème,
Tout n'est que mots tordus !

signé Madame de Sévigné

enfin, je crois…

Ce jour-là les deux enfants du Prince de Motordu et de la Princesse Dézécolle étaient bien tristes. Il pleuvait fort et le tonnerre grondait :

– Quel ogre rage ? demandait la petite Marie-Parlotte.

– C'est clair, nous ne pourrons sortir du chapeau, se lamentait son frère, le petit Nid-de-Koala.

– Père, voulez-vous jouer avec nous?
s'écrièrent alors les deux enfants.

Pour eux, Motordu était toujours dispo-
nible car son travail princier consistait surtout à passer ses sodas en revue et à saigner à
l'encre rouge…

– Bien sûr, mes enfants. À quoi voulez-vous donc jouer? Au jeu des petits cheveux? Au jeu de doigts? Au jeu de lames?

– Non, crièrent Marie-Parlotte et Nid-de-Koala en se jetant sur lui. À la butte! Le premier qui se retrouve sur votre haut a gagné!

Ce fut une belle bagarre à trois. Jambes et bras mêlés tournoyaient.

65

La Princesse dut se fâcher :

– Jeux de moulins, jeux de vilains ! Avez-vous fini de faire les flous ? Vous me donnez le tournis !

– J'ai gagné ! hurla sa fille. M'avez-vous vue, mère ?

Mais la Princesse Dézécolle fronçait le sourcil :

– Qu'avez-vous, mon cher Prince ?

Motordu se releva.

Son visage était tout blanc :

— Ouillouillouille, j'ai pâle, j'ai pâle au ventre !

— Ne tombez pas dans les pommes, asseyez-vous sur cette fraise, lui conseilla la Princesse. Je vais appeler le docteur Demoux. Ce ne sera pas long !

Mais le Prince finit par s'impatienter :

— Demoux tarde à venir, je vais l'assaisonner, celui-là !

– Allons, allons, fit la Princesse, il a dû recevoir beaucoup d'appels, à cause de cette épidémie de tripes.

Dès son arrivée, le docteur ausculta le Prince :

– Mais qu'avez-vous mangé à midi, s'enquit-il. Des sardines mal triées, des œufs qui n'étaient pas faits ?

– Euh, du civet et des coquillages, répondit le Prince après avoir bu le menu.

– Civet, coquillages… eh bien, vous avez lapin dix huîtres, annonça le docteur. Il faut vous souffrir le ventre à l'hôpital !

La Princesse qui ne s'inquiétait pas facilement avait pourtant l'alarme à l'œil. Elle appela une ambulance et prépara la valise du Prince.

— Puisque vous allez vous faire au béret au moins vous serez à l'abri du froid, dit la Princesse.

— N'oubliez pas ma chemise de huit, recommanda le Prince qui dormait au moins huit heures par nuit.

Mais il rassura aussi ses enfants :

— Mon absence ne sera pas longue. Soulagez votre mère en ne laissant pas régner vos affaires !

L'ambulance démarra à toute vitesse en utilisant son puissant avertisseur : «Plein pot... Plein pot... Plein pot...!»

Obligé de voyager bouché, le Prince ne vit rien du paysage, mais à l'hôpital, on lui donna la plus belle chambre, la douze, équipée d'un poste de mêlée, fort précieux, pour que le Prince puisse suivre en direct les matches de rubis.

Un professeur vint l'y voir et l'avertit :

– Nous allons vous opérer, cher Prince. Mais rassurez-vous, vous ne sentirez rien !

– Vous allez me boucher le nez ? s'inquiéta le Prince.

– Mais non, on va vous endormir, vous compterez les moutons de blouse de l'infirmière. Et quand vous vous réveillerez, tout sera fini !

Le Prince était épouvanté :

– Je serai mort ?

– Pas encore, assura le chirurgien, vous serez mort-de-danger, c'est-à-dire que le danger sera mort. Et vous, vous serez sain et sauf !

Le Prince en eut tout de même la chair de poule.

Alors on l'installa sur un lit à poulettes et on l'emmena jusqu'à la salle d'opération.

Les infirmières s'y livraient à de savants calculs pour que tout se passe bien.

Pour la première fois elles allaient opérer un Prince, mais celui-ci les rassura :

– N'ayez pas le crac, je suis tordu mais solide !

L'anesthésiste fit une piqûre à Motordu avec une seringue équipée d'une aiguille de bain :

– Ça baigne, Prince ?

– Oui, articula faiblement ce dernier, je compte les mous... les thons... tous les monts... rrr, rrr...

– Écoutez-le, fit l'anesthésiste, le patient est âne, niais, très scié !

74

– Vous voulez dire anesthésié, rectifia une infirmière.

– Que voulez-vous, admit un docteur, ce Prince est très contagieux. Nous aurions dû protéger nos oreilles pour les mettre à l'abri de tous ces mots tordus.

Puis le chirurgien ouvrit le ventre du Prince de Motordu pour en retirer lapin, dix huîtres et un tout petit bout d'intestin coupable de tout ça !

Pendant ce temps la Princesse avait rejoint l'hôpital avec Marie-Parlotte et le petit Nid-de-Koala.

– L'entrée est interdite aux enfants! annonça l'infirmière.

– Mais, ce ne sont pas des enfants, répliqua leur mère. Il ne s'agit que d'un petit glaçon et d'une petite bille!

La surveillante n'avait jamais vu de glaçon en salopette ni de bille à cheveux longs.

– C'est bon, concéda-t-elle. Ça roule la bille, au fond, le glaçon !

Les deux enfants serraient bien fort la main de la Princesse.

– Mais enfin, maman, qu'est-ce que ça fend ?

– Eh bien, expliqua leur mère, à l'hôpital, il y a d'un côté les maladies et de l'autre les malades. Un produit spécial, désinfectant, mais très odorant, sert à les séparer. C'est ce produit qui fend l'hôpital. En deux !

– Alors, on nez du bon côté, se rassura Nid-de-Koala, puisque je sens le produit.

– Chambre douce, nous y sommes, annonça la Princesse.

Le Prince était couché sur son nid,
un peu pâle :

– Normal, annonça-t-il, j'ai perdu mes
douleurs puisque j'ai été opéré ! Quel jour
sommes-nous ?

– Mardi, précisa la Princesse, mais ne vous
en souciez pas. Vous êtes ici pour vous soigner.

– Je ne vais tout de même pas rester dans
cette chambre jusqu'à la sain Glinglin, protesta Motordu.

Le petit Nid-de-Koala saisit la feuille de
température de son papa et plaisanta :

– Trente-sept degrés ? Je constate que vous
avez mis un terme, ô maître, à la fièvre !

Le Prince pouffa mais grimaça tout aussitôt :

– Ne faites pas éclater de rire la petite cou-
ture que j'ai sur le ventre !

– Vous mangez bien, au moins ? demanda
la gourmande Marie-Parlotte.

– Vous savez, à l'hôpital, on a son plat
tôt. Et ce n'est pas bien fameux. Potage de
l'écume. Amer ! Une tranche de champ.
Bon, pas terrible !

– Voulez-vous faire quelques pas dans le couloir ? proposa son épouse.

– Ce n'est pas de refus, accepta le Prince, mais attention : baignoire obligatoire !

On lui tendit ce vêtement blanc et le Prince fit une courte promenade. Il se sentait de meilleure humeur mais la fête lui tournait un peu.

Cela lui fit grand bien car il put mesurer qu'il n'était pas le plus à peindre.

Triste tableau que celui de la souffrance humaine : il croisa un homme qui avait de grosses quintes de poux et un autre qui se déplaçait avec de bêtes quilles pour s'être cassé les oreilles du pied gauche.

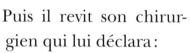

Puis il revit son chirurgien qui lui déclara :

– J'ai réussi cette opération. Je suis tombé juste. C'était bien l'appendicite. Mais pendant l'anesthésie vous avez un peu déliré. À vous entendre, il paraît que vous habitez

dans un chapeau et que
vous gardez un troupeau
de boutons.

   – Pardon, pardon, cor-
rigea le Prince, il ne s'agit
pas de boutons mais de
mous-thons.

   – C'est bien ce que je pensais, ajouta le
chirurgien, un troupeau de moutons.

Le professeur l'autorisa à quitter l'hôpital le jour même.

Le Prince prit congé de son voisin de chambre, un chauffeur de taxi qui s'était un pneu cassé la jante en montant sur un trottoir.

Dans la voiture de la Princesse, Motordu lut un panneau : « Hôpital, ortie. »

Il déclara qu'il fallait être complètement piqué pour rester dans un tel lieu.

– Vous vous trompez, cher père, rectifia Marie-Parlotte, il s'agit du panneau « sortie ». Il manque la première lettre.

Le Prince rit de bon coeur :

– Comme quoi même tordu un panneau peut nous mener tout droit hors de cet hôpital.

Puis il sourit :

– Sortie ou ortie, peu importe. La vie est pelle mais je ne vais pas jardiner tout de suite. Je dois d'abord me recauser. Parole de Prince !

C'est ainsi que Motordu retrouva son chapeau, heureux de ne plus être salade.

Mais il garda longtemps une pensée reconnaissante envers tous ceux qui s'étaient occupés de lit.

Motordu au pas, au trot, au gras dos

Quel est cet élixir, c'est la science
Des tordus, un alcool interdit
Qui des enfants change la vie,
Des mots aussi tourne le sens.

signé Alfred de Vigny

enfin, je crois…

Marie-Parlotte, la petite bille des époux Motordu, adorait les chevaux. Dès qu'elle en apercevait un, elle se précipitait pour aller le paresser et elle restait ainsi de longues minutes contre lui, à ne rien faire d'autre.

Son père, le Prince de Motordu, lui conseil-
lait la prudence :

    – Attention, ce cheval est beaucoup plus
trot que toi ! Il pourrait te sonner un coup
de sabot !

– Je vous en supplie, mon cher papa, minaudait souvent Marie-Parlotte, ah, jetez-moi vite un cheval !

Mais le Prince la taquinait :

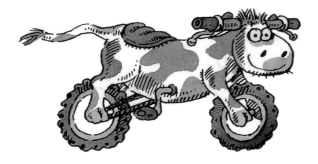

– Ma chère enfant, ne pourriez-vous vous déplacer en brillecyclette ou en veau têté, comme la plupart des camarades de votre âge ?

La Princesse Dézécolle, quant à elle, avait toujours rêvé d'équitation. Malheureusement, son père, conducteur de frein, n'avait jamais pu faire avancer ce projet. Aussi décida-t-elle d'aider sa fille :

– Je vous en prie, Prince, il y a suffisamment de tasse autour du chapeau, pour un ou plusieurs cheveux !

– J'en conviens, reconnut le Prince de Motordu. Gageons qu'on pourrait bien y boire un cheval d'ici peu de temps !

Et, le soir même, il réunit sa famille :

– Consultons d'abord le catalogue des chevaux. Il y en a pour tous les coûts !

– Oh, un beau nez, s'écria Marie-Parlotte, comme il est mignon ! Mais il me semble un peu petit pour moi.

Elle hésita :

– Et pourtant un beau nez peut passer tout l'hiver dehors sans s'enrhumer. Dommage !

Motordu nota :

– Ah, je vois ici un magnifique cheval de bourse, élégant, certes, très rapide, mais bien trop coûteux !

— Et si nous achetions une bonne bête de trait, bien robuste ?

— Mais, Père, pour tirer un trait, point n'est besoin d'être gosse tôt ! s'étonna le frère de Marie-Parlotte, le petit Nid-de-Koala.

— Ce genre de cheval ne tire pas des traits, mon cher petit, lui enseigna la Princesse Dézécolle. Il tire générale-ment une charrette ou une cabriole !

Finalement la famille Motordu trouva l'adresse d'un fendeur de chevaux qui habitait dans la forêt voisine.

Motordu acheta donc un cheval de bois blanc à quatre lattes.

– Je vais devoir le séparer de sa mère, soupira à regret le fendeur en prenant une hache.

– Mais comment s'appelle-t-il? demanda Marie-Parlotte.

– «Pue, grosse crotte!» répondit le fendeur de chevaux.

– Mais, c'est horrible! protesta la Princesse Dézécolle.

– Peut-être, répondit l'homme, mais quand on lui dit: «Pue, grosse crotte», il avance!

– Il vaudrait mieux lui donner un nom propre, beaucoup plus propre, suggéra Marie-Parlotte. Est-ce un mâle ou une femelle?

– C'est une fille, répondit le fendeur, puisqu'elle a une queue de cheval !

– Elle est belle, elle est chic, reconnut Motordu. Nous l'appellerons donc Belle-Chic. Ça, c'est un nom propre !

– Vive la Belle-Chic, bienvenue au pays! saluèrent en chœur les deux enfants.

Le fendeur de chevaux fit remarquer que la jument manquait de sel:

– Ne vous inquiétez pas, assura-t-il, j'en ai. Tenez, celle-ci était sale hier, mais je l'ai nettoyée et je vous la passe. Gratuitement!

Toute la famille revint au chapeau. Cela prit du temps car Belle-Chic n'était pas encore pressée.

Elle n'obéissait pas, se trottait à tous les arbres, broutait les zèbres des prés et faisait ce qu'elle foulait !

Le Prince de Motordu décida :

– Il nous faut un presseur de chevaux !

Celui-ci, en quelques jours, réussit à fait hop, hennir Belle-Chic, lui apprit à aller à gauche, à droite, au pot, au gras dos et au grand gras dos sur lequel Marie-Parlotte sautait comme un bouchon de campagne.

En souvenir de ce difficile apprentissage le Prince prit des faux trots à l'aide de son appareil et Marie-Parlotte, très attachée à sa jument, devint la plus heureuse des petites filles !

Malheureusement, un beau matin de printemps, sa monture disparut :

– Mon cheval s'est envolé ! se lamenta-t-elle.

– Belle-Chic ailée ? Partie ? s'étonna le Prince. Envolée ou volée ? Tout à fait impossible !

Toute la famille se jeta sur une carte pour essayer de voir où pouvait bien se trouver la Belle-Chic !

Hélas, ce fut sans succès !

Finalement ils la trouvèrent dans un trou de verdure, en compagnie d'un magnifique pur lent arabe noir qui ne semblait pas très pressé de lui courir après.

La Princesse Dézécolle serra sa fille contre elle :

– Ma chère petite, c'est le printemps, la loi de la nature, la maison des amours est ouverte. Belle-Chic a besoin d'un compagnon, d'un P.M.U. !

– C'est quoi, un P.M.U.? questionna le petit Nid-de-Koala.

– Un Petit Mari Utile, expliqua son père. Je te parie qu'elle vient de le trouver et qu'elle va gagner le gros dos, l'équivalent du gros ventre pour les futures mamans!

– J'ai compris, elle va nous faire un boudin!

– Un poulain, rectifia la Princesse. Et ce poulain deviendra un joli cheval pour toi, Nid-de-Koala!

— Petit frère à cheval ? J'ai hâte de voir ça, s'impatienta sa sœur.

Quelques mois plus tard Belle-Chic mit bas un magnifique poulain marron qui fut baptisé Chocolat.

Il parut d'abord si fragile qu'on le crut menacé de tomber en morceaux !

Il n'y eut même pas à lui apprendre à marcher car il n'avait pas les pieds dans le même sabot vu qu'il en avait un à chaque patte.

— Vous verrez, assura Motordu, d'ici peu, ce Chocolat fondra sur vous à toute vitesse !

Si Belle-Chic se montrait bonne mère, elle adorait courir à la folie. Aussi le Prince décida de l'enrager dans une épreuve hippique :

— Je serai son jockey, je me sens au cheval lié !

— Père, vous ne lui donnerez pas trop de coups de cravache ? trembla Marie-Parlotte.

– Ma cravate suffira, la rassura Motordu.

Il y avait foule sur l'hippodrome. Les autres jockeys, en casaque rouge ou bleue à poils verts ou jaunes faisaient crotter leurs pouliches pour les échauffer.

Puis le départ fut tonné d'un fort coup de pistolet!

Marie-Parlotte se tordait les mains:

– Cette course est dangereuse: il faut sauter des et!

– Haie hop! criait Motordu à l'oreille de Belle-Chic à chaque saut.

Il cravachait la jument à l'aide de sa belle cravate de soie. Mais Belle-Chic n'avait pas besoin d'être frappée : elle semblait voler !

Des femmes regardaient de travers ceux qui avaient engagé des maris sur les autres concurrentes !

L'issue de la course fut très discutée.

Il fallut faire appel à la photo pour savoir qui avait passé en premier la vigne d'arrivée :

– Le numéro vin a gagné, déclarèrent finalement les juges.

C'était le numéro porté par Belle-Chic !

Le Prince la rendit à Marie-Parlotte et déclara :

– Nous avons emporté la bourse mais Chocolat doit s'ennuyer. Rentrons tous au chapeau. Avec l'argent gagné nous pourrons payer à nos deux chevaux un gardien de phare pour les surveiller chaque nuit.

Ainsi Belle-Chic reprit sa vie champêtre. Elle adorait aller aux pâquerettes et Chocolat aux noisettes.

Marie-Parlotte et Nid-de-Koala en prirent soin longtemps, n'oubliant jamais de les faire poire avec une… paille, naturellement!

Je ne suis pas aimé de tous
Certains me tournent le dos
Je suis le mot tordu qui pousse
Comme un enfant dessus son pot.

signé Jean-Jacques Rousseau

enfin, je crois…

Le Prince de Motordu aimait beaucoup les amis mots.

Mais il avait peu d'affection pour les animaux qui n'en prononçaient aucun.

– Si au moins, avait-il l'habitude de rire, la vache faisait miaou, le chien bêêê, le chat meuh et l'oiseau ouah, on pourrait vraiment parler d'animaux tordus !

Après son mariage avec le Prince, la Princesse Dézécolle avait pourtant réussi à lui faire admettre la présence dans leur chapeau, d'un tas de gouttière nommé Diésel.

Cela ne gênait pas le Prince car ce tas passait ses journées à ronfler, couché en rond-rond.

Mais, un jour, Motordu reçut en gâteau d'anniversaire un père hoquet vert à qui il apprit à parler aussitôt.

Hélas, ce père hoquet avait un gros défaut : il faisait énormément de bêtes hips.

Il fouillait dans les miroirs des tables.

Et il y déchirait les feuilles de malade, irritant ainsi beaucoup le pharmarcien.

Certes, les deux enfants des époux Motordu, la petite Marie-Parlotte et son frère le petit Nid-de-Koala voyaient dans le père hoquet un garnement comme eux.

C'est-à-dire à la hauteur de leurs propres bêtises.

Mais le Prince de Motordu finit par se fâcher. Il acheta une cage et y installa son turbulent père hoquet.

– Finies, les bêtes hips, lui lança-t-il. Désormais tu te tiendras à barreau.

Hélas, le père hoquet ne tarda pas à détraquer la ferrure de la porte avec son bec. Et il quitta sa cage dès le lendemain, à huit heures du noir.

Le Prince s'en aperçut aussitôt et sortit du chapeau en criant à nue-tête :

– Est-il dans l'allée ou dans la venue ?

– Attendez-nous ! cria la Princesse, nous allons vous aider.

Et tous les quatre de partir à la poursuite de l'oiseau qu'ils pouvaient apercevoir, volant à la lumière des lampes à air.

La famille se retrouva ainsi à la porte dentée du zoo.

– Il fait bien sombre, s'écria le Prince, n'est-ce pas là la porte de la prison ?

La Princesse Dézécolle haussa les épaules.

Par bonheur, elle put ouvrir cette porte avec la clé de son école.

– C'est la même serrure ! triompha-t-elle.

Le Prince bougonna qu'il ne pouvait en être autrement puisqu'elle aussi, la traîtresse, enfermait, du matin au soir, ses élèves, bêtes et moins bêtes.

Son épouse n'était pas gourde au point de ne pas avoir entendu la désagréable remarque du Prince :

— Mais l'école n'est pas une prison, protesta-t-elle. Il s'y trouve plein d'enfants qui apprennent plein de choses.

Une école sans portes risque de se vider. Sachez-le !

– Comme je vous plains! Vous manquez d'humour, madame l'institutrice.

– Arrêtez donc de vous disputer! crièrent leurs deux enfants.

– Je crois que je l'ai vu, notre père hoquet, ajouta soudain Nid-de-Koala.

– Mais non, imbécile! rectifia Marie-Parlotte, c'est une chaude-souris qui vole autour du lampadaire brûlant.

– Cette histoire nous énerve tous, calmons-nous, calmons-nous, lança Motordu, et réfléchissons.

Et il ajouta :

– Peut-être mon oiseau cherchait-il à rejoindre sa vanille ! Je n'aime pas beaucoup cet endroit. Les animaux ne sont tout de même pas des criminels qu'on enferme dans des gélules. C'est dur à avaler !

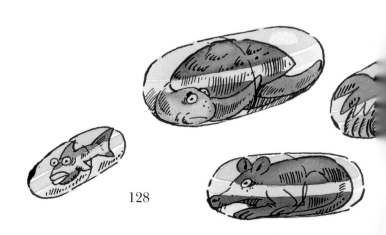

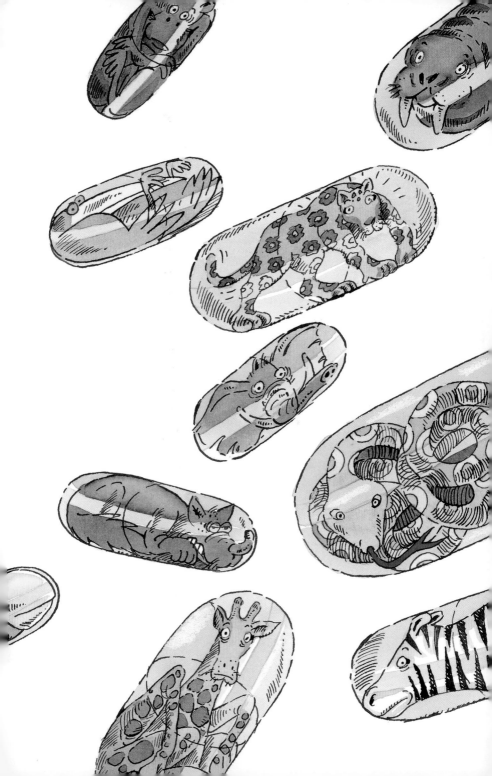

– Mais, mon cher, remarqua la Princesse, n'avez-vous pas vous-même privé de liberté votre père hoquet? Quant à moi, je trouve ce lieu très pédazoologique! Il est bon que billes et glaçons voient pour de frais à quoi ressemble un phoque.

– Peut-être ne veut-il plume voir, cet oiseau, se désolait le Prince.

– Pas de panique, petit papa, le rassura sa fille, à petits pas passons par là.

– Oh! un hydroprogramme! cria le petit Nid-de-Koala. Il n'a pas l'air si malheureux, pour un prisonnier. Son programme n'est-il pas d'être bien dans l'eau, matin, midi et soir?

131

Les aventures de la famille Motordu

Quelque part, derrière les grilles, barrit un pachyderme :

— C'est un ailé flanc d'Afrique ! s'écria Marie-Parlotte. Qu'il est mignon, avec ses grandes oreilles de chaque côté ! On dirait des ailes.

— On voit les côtes de l'amer prisonnier, se désola le Prince. Certainement le manque d'appétit : ça se voit à son flanc. Il faudrait l'efflanquer dehors et non dans un zoo.

— Comparons-le plutôt à l'ailé flanc à petites oreilles ! suggéra la Princesse.

— L'assis à tics, celui d'Asie ? dit le Prince devant ce captif nerveux.

Dans le ciel de la suie l'oiseau vert volait toujours au-dessus des pages blanches sous la lumière de la lune car il se sentait livre de liberté !

Dans un autre bassin somnolaient des sauriens dont les énormes mouchoirs aux terribles dents firent frissonner les deux enfants :

— Ces mouchoirs sont là pour essuyer les fameuses armes de crocodile, commenta la Princesse.

— Heureusement qu'un peu d'eau les entoure, s'écria le petit Nid-de-Koala, ça nous protège !

— Oh ! oui, on dirait qu'ils sont sur une île, ajouta Marie-Parlotte.

D'ailleurs les œufs pondus par ces sauriens portent le nom de cocos d'île.

135

Une heure plus tard la famille Motordu avait presque fait le tour du jardin zoologique. Elle entendit encore un grognement :

– Zut ! À manquer de place, je tourne en bond, se plaignait le bigre.

Et, plus loin :

– Si on mettait les gardiens K.-O., proposaient les grands courroux, redoutables boxeurs ?

Les linges, étendus sur des fils, étaient plus silencieux.

– Pauvres ouistitis-shirts ! les plaignit Marie-Parlotte.

– Parce que prisonniers de leur corde à singe, certifia le Prince. Ils se sont fait épingler !

La visite nocturne du zoo n'avait pas pour autant calmé la nervosité de la famille

Motordu, leur cher père hoquet demeurant aussi introuvable qu'une dent de l'amer requin dans une mare d'eau douce.

– J'ai l'impression d'étouffer, soupira le Prince Motordu. Sortons et tant pis pour notre oiseau.

La Princesse Dézécolle essaya d'être positive :

– Au moins nos enfants auront-ils eu la

chance de comparer les deux différentes familles d'éléphants sans avoir à prendre l'avion vers l'Afrique ou l'Asie.

– Je pense seulement, dit encore Motordu, à tous les éléphants du monde qui n'auront pas la chance de comparer Marie-Parlotte et Nid-de-Koala.

— Mon cher père de Prince, le consola sa fille, ne vous installez pas derrière les barreaux de votre propre rage.

À la sortie du zoo la famille Motordu eut une belle surprise : le père hoquet vint se percher sur l'épaule du Prince.

— Alors, mon maître, avez-vous vu, comme moi, tous ces vieux amis, pris, sonnés ?

Ce sont mes potes âgés du jardin-zoo, logis que vous n'aimez point.

– Tu as gagné, père hoquet, si tu promets d'être cage tu seras libre, admit le Prince. Quant à vous, Nid-de-Koala et Marie-Parlotte courez vite retrouver votre nid. Mais surtout, ne sucez pas votre mousse.

Depuis cette visite nocturne le père hoquet ne fit plus de bêtes hips pendant au moins deux jours.

En cela il ressemblait à tous les enfants du monde dont les bras sont bien trop faibles pour tenir longtemps leurs promesses.

L'auteur-illustrateur

Pef a vécu dans des écoles jusqu'à l'âge de vingt ans.
De jour comme de nuit. Le malheureux !
Il faut dire que ses parents étaient instituteurs.
Depuis, il est absolument interdit aux enfants
d'enseignants de subir un tel sort. Mais le petit
Pierrot devenu grand ne regrette rien. Ce bain
d'enfance, éclaboussé de rires, de jeux, de chansons
et d'apprentissages, lui a bien profité.
Il se frotte alors au monde comme journaliste,
photographe, ne cessant de découvrir, d'apprendre
et de partager, avant d'écrire, en 1978, *Moi, ma grand-
mère...* son premier livre pour enfants, puis d'inventer
le prince de Motordu pour le plus grand bonheur
des petits « glaçons » et des petites « billes ».
Pour lui, les enfants font partie de la vie et il ne
se lasse jamais de les rencontrer. Les pieds bien sur
terre, parfois dans la lune et souvent dans les nuages,
il reste à jamais sensible à toutes les enfances,
à ce qui les fait rire ou les égratigne.

AVEC...

« Le Prince de Motordu ... »